Dieses Buch

© Joerg Schwalfenberg

Tanya Stewner träumte bereits mit zehn Jahren davon, Schriftstellerin zu werden. Der Traum wurde wahr: Die Autorin der Bestseller-Reihen *Alea Aquarius* und *Liliane Susewind* hat eine riesige Fangemeinde, und ihre Leser warten sehnsüchtig auf jedes neue Buch von ihr.

© Anne von Öhsen

Simone Hennig lektoriert schon seit vielen Jahren Kinderbücher. Doch sie liebt nicht nur die Lektoratsarbeit, sondern schreibt auch leidenschaftlich gern selbst Geschichten. Die erste heißt *Die Magie der Nixen*. Beides tut sie im schönen Hamburg, wo sie mit ihrer Frau und ihren Kindern lebt.

© privat

Claudia Carls studierte in Hamburg Kinder- und Jugendbuchillustration. Sie arbeitet als freiberufliche Illustratorin und gestaltet Bilder-, Kinder- und Jugendbücher.

Tanya Stewner und Simone Hennig

# Alea Aquarius

## Die Kraft der Wasserkobolde

Mit Bildern von
Claudia Carls

Verlag Friedrich Oetinger · Hamburg

## Inhalt

## Die Welt von Alea Aquarius

Die Alpha Cru lebt ganz ohne Erwachsene auf einem Segelschiff. Ihr Geld verdienen die Cru-Mitglieder mit Straßenmusik: Alea macht Musik auf Weingläsern, Lennox ist Gitarrist, Ben der Bassist, Sammy trommelt, und Tess spielt Akkordeon und singt wie ein Rockstar. Alle fünf sind schräge Vögel – und zwar gerne!

Die Crucis ist das alte Segelschiff, auf dem die Alpha Cru um die Welt reist.

## Alea Aquarius

Bandenname: *Aquarius – der Wassermann*

Alea ist ein Meermädchen. Bevor sie zur Alpha Cru kam, hat sie bei ihrer Pflegemutter Marianne an Land gewohnt. Alea wusste lange nichts von ihren Meereltern. Sie dachte, dass sie eine seltene Wasser-Allergie hätte. Deshalb hat sie das Wasser immer gemieden. Aber dann ist sie bei einem Sturm über Bord gefallen. Und seitdem ist das Meer ihr wahres Zuhause. Im Wasser verwandelt sie sich: Zwischen den Fingern und Zehen bekommt sie Schwimmhäute und hinter den Ohren Kiemen. Deshalb kann sie unglaublich schnell schwimmen und unter Wasser atmen wie ein Fisch.

Lennox Scorpio

Bandenname: *Scorpio – der Skorpion*

Lennox ist halb Landjunge, halb Meerjunge. Er hat keine Kiemen und Schwimmhäute. Trotzdem kann er viel länger die Luft anhalten und schneller schwimmen als normale „Landgänger“. Lennox will Alea immer beschützen, obwohl sie unter Wasser sehr gut allein zurechtkommt.

Benjamin Libra

Bandenname: *Libra – die Waage*

Benjamin, genannt Ben, ist der Älteste an Bord und der Kapitän der *Crucis*. Zusammen mit seinem Bruder

Sammy hat er die Alpha Cru gegründet. Alle anderen Cru-Mitglieder hat er aufgenommen, als sie in Not waren. Er hat ein sehr großes Herz. Aber als Kapitän kann er auch streng sein. Ben kämpft leidenschaftlich für den Schutz der Meere.

Samuel Draco

Bandenname: *Draco – der Drache*

Sammy ist Bens kleiner Bruder und der Jüngste an Bord. Eigentlich heißt er Samuel. Auf der *Crucis* lernt Sammy alles von Ben, was er in der Schule verpasst.

Und noch viel mehr! Am liebsten mag Sammy kuscheln, gute Laune und Kekse. Er ist in jedes Mitglied der Alpha Cru verliebt. Außerdem sammelt er für sein Leben gern die verrücktesten Dinge.

## Tess Taurus

Bandenname: *Taurus – der Stier*

Tess ist auf der *Crucis*, seit ihre Eltern sich getrennt haben. Sie brauchte eine Pause von der schlechten Stimmung zu Hause. Tess ist manchmal etwas ruppig. Doch eigentlich ist sie die beste Freundin, die man sich vorstellen kann. Ben nennt sie sein wertvollstes Cru-Mitglied, denn auf sie ist immer Verlass.

## Die Meermenschen

Vor etwa elf Jahren hat ein Virus das Meer verseucht. Fast alle Meermenschen sind damals gestorben. Meerkinder wie Alea wurden an Land zu Pflegeeltern gebracht, um dort zu überleben. Der Virus ist immer noch in allen Gewässern der Welt. Aber er kann Alea nichts anhaben. Sie ist immun gegen die Krankheit. Lennox kann als halber Meermensch ins Wasser, wenn er einen bestimmten Tee gegen den Virus trinkt.

## Magische Meervölker

Außer den Meermenschen haben alle magischen Wasserbewohner den Virus überlebt. Alea kennt Nixen, Kobolde, Isibellen und viele andere magische Völker, die untereinander leider meist zerstritten sind. Seit Jahrhunderten achten die Meeresbewohner streng darauf, von den Landmenschen nicht entdeckt zu werden. Denn nur wenige Landgänger sind wahre Freunde der Wasserwelt. Die Landwelt macht einfach zu viel Müll, der das Meer verschmutzt.

Wasserkobolde sind knallbunte Wesen mit abstehendem Haar und riesigen Knollennasen. Sie haben kleine Menschenkörper mit langen Fischschwänzen. Kobolde leben im Clan zusammen. Sie können viele Tricks und werden nicht gern unterschätzt!

Isibellen sind die Hüterinnen der Flüsse und reiten auf Fischen. Sie sind winzig klein und zart, haben helle Kinderstimmen und wolkiges Haar. Die Fluss-Hüterinnen können nicht an Land kommen, denn dort würden sie zu Staub zerfallen.

## 1. Alpha-Best-Team

Alea Aquarius lehnte sich weit über die Reling und sah in das klare, ruhige Flusswasser. An diesem Januarabend war es windstill, und die Sonnenstrahlen schimmerten zart auf der Wasser-Oberfläche. Alea atmete tief ein. Dieser Ort war wirklich zauberhaft.

„Ahoi, Träumerin!“, sagte eine Stimme. Benjamin Libra war unbemerkt neben sie getreten.

Alea lächelte den Kapitän der *Crucis* an.
„Was gibt's, Käpten?“
„Wir müssen den Motor anschmeißen“, erklärte Ben. „Sonst schaffen wir es heute nicht mehr bis zum nächsten Hafen.“
„Achtung, gleich wird's laut!“, warnte Samuel Draco, und schon knatterte der Schiffsmotor los.
Ben eilte ins Deckshäuschen und griff nach dem Steuerrad. „Tess Taurus, Alea Aquarius und Lennox Scorpio – klarmachen zum Segelbergen!“, ordnete er an.

Die drei brachten sich in Position. „Klar zum Bergen!“, rief Tess. Gemeinsam mit Lennox ließ sie das Segel herunter.
Alea stand schon bereit und band es am Mast fest. „Erledigt!“ Sie grinste die anderen an. Die Cru funktionierte an Deck ihres Schiffs wie ein Uhrwerk.
„Wir sind ein Best-Team, Alpha Cru!“, jubelte Sammy.
„Ein Alpha-Best-Team!“, bestätigte Alea lachend.

Kurz darauf erreichte die *Crucis* einen großen Hafen, der an ein Industrie-Gebiet grenzte. Obwohl der Ort ziemlich hässlich war, wollten sie hier anlegen. Denn sie mussten dringend Frischwasser auffüllen.
Alea guckte sich um. Neben den Boots-Anlegern ragte eine hohe Fabrik-Fassade auf. Daran grenzte eine Kaimauer, hinter der sich haufenweise alte Autoreifen türmten. Auf dem Platz liefen eine Frau und ein paar Männer in

Arbeitskleidung herum und gingen mit mürrischen Gesichtern ihren Aufgaben nach. Alea seufzte. Nach mehreren Tagen in der Natur war diese städtische Umgebung schwer auszuhalten.
Lennox stupste Alea an. „Ist ja nur für eine Nacht“, sagte er. „Dann können wir wieder zurück in die Wildnis!“
„Aber vorher futtern wir uns erst mal ordentlich satt, ja?“, schlug Sammy vor und zeigte auf ein Hafenlokal, das nicht allzu teuer aussah.
Die anderen fanden den Vorschlag gut, und nach einem deftigen Abendessen fielen alle in ihre Kojen.

## 2. Ein schrecklicher Verdacht

„Es ist nicht mehr weit!“, sagte Ben, als sie am nächsten Morgen warm eingepackt an Deck saßen. Er fuhr mit dem Zeigefinger über eine Gewässer-Karte und deutete auf das Ziel ihrer Reise: einen ruhigen, naturgeschützten Fluss-Arm, an dem es wunderschöne Strände gab.

„Dann kommen wir also noch heute an?“, fragte Tess.

„Ja, und Alea kann morgen früh die Augen am schönsten Ort der Welt aufschlagen – pünktlich zum Geburtstag!“ Ben zwinkerte ihr zu.

„Ich kann es kaum erwarten!“, quietschte Sammy. Er war vor jedem Geburtstag auf der *Crucis* immer tagelang hibbelig.
Alea war erst seit dem Sommer an Bord und hatte den 1. Februar noch nie mit der Alpha Cru gefeiert. Wenn sie ehrlich war, hatte sie ihren Geburtstag überhaupt noch nie mit Freunden gefeiert …
In Aleas Bauch kribbelte es wohlig. Lächelnd schaute sie die vier anderen Cru-Mitglieder an, die sich wieder über die Karte gebeugt hatten.
Plötzlich erstarrte Aleas Lächeln jedoch. Denn ihr Blick war über Sammys Kopf hinweg zu der Fabrik und der Reifen-Halde gewandert. Der Platz hinter der Kaimauer war *leer*. „Wo … wo sind die ganzen Autoreifen hin?“, stammelte sie und deutete auf den Schrottplatz.
Die anderen sahen ihrem ausgestreckten Arm nach und rissen die Augen auf.
„Das geht doch nicht mit rechten Dingen zu!“, entfuhr es Lennox.
„Wie können die einfach verschwinden?“ Tess

zog die Augenbrauen zusammen. „Wir hätten doch mitbekommen, wenn heute Morgen tonnenweise Gummi-Abfall auf Lkws verladen worden wäre!“

„Denkt ihr, was ich denke?“ Ben blickte in die Runde. Und bevor jemand antworten konnte, sprach er es aus: „Eindeutig ein Fall von Müll-Verklappung.“

„O nein!“, rief Sammy. „Du meinst, sie haben die Reifen einfach ins Wasser geschmissen?“

Ben nickte düster, und Alea wurde ganz kalt. Ausgerechnet in diesen sauberen Fluss sollte jemand Müll entsorgt haben? „Das darf nicht wahr sein!“, stieß sie hervor. Dann sprang sie auf und machte sich schnell daran, ihre Winterjacke auszuziehen.

Lennox sprang ebenfalls auf. „Du willst doch nicht etwa allein ins Wasser?“, fragte er. Normalerweise hätte er Alea begleitet. Aber der Rotfarn-Tee, der ihn gegen den Virus schützte, war ihm vor ein paar Tagen ausgegangen.
Alea hatte inzwischen auch noch ihre zwei Pullover, ihre Mütze, die Strümpfe und die Stiefel ausgezogen und rannte zur Reling.

„Ich seh mir das nur mal kurz an. Bin gleich zurück!“

Alea musste nicht weit tauchen, bis sich Bens Verdacht bestätigte. Das Flusswasser war kräftig aufgewirbelt worden.
Obwohl Aleas Sicht sehr getrübt war, konnte sie schon nach ein paar Sekunden dunkle Umrisse im Wasser erkennen. Vor ihr türmte sich ein enormer Berg von alten Autoreifen auf.
Alea spürte die Wut in sich hochkochen.
Gestern noch hatte sie an vielen Stellen des Flusses bis auf den Kiesgrund sehen können … Und jetzt war der Boden vor der Kaimauer komplett von schwarzem Gummi bedeckt!
Was konnten sie bloß dagegen tun? Es blieb ihr nichts anderes übrig, als sich erst einmal mit der Alpha Cru zu beraten.

## 3. Gegeneinander

Gerade wollte Alea zur *Crucis* zurückschwimmen, da drang eine Stimme an ihr Ohr. Sie hielt inne und lauschte gebannt. Waren hier etwa Magische unterwegs? Alea konnte niemanden sehen …

Doch, da war sie wieder: eine aufgeregte helle Kinderstimme. Alea verstand jedoch nur Bruchstücke von dem, was die Stimme sagte.

„… eine riesige Unverschämtheit!“, hörte Alea.

Und dann: „Das war *unser* Platz!“

Irgendwo in diesem Gummi-Müllhaufen mussten ein paar Wasserwesen stecken!

Neugierig machte Alea sich auf die Suche. Die Reifen-Halde erschien ihr wie ein Irrgarten. Sie kam den Stimmen zwar näher, sah aber nichts als schwarzes Gummi.

Da! Zwischen zwei hohen Türmen entdeckte Alea die Magischen: eine Isibelle auf ihrem Reit-Fisch und einen kirschroten Wasserkobold. Inmitten all der Reifen erschienen die beiden Alea winzig klein. Außerdem war sie überrascht, einen Kobold *zusammen* mit einer Isibelle zu sehen. Wie alle magischen Völker blieben die Kobolde und Isibellen meist lieber unter sich.

„Wo sollen wir jetzt bitte hin, Edison?", fragte die Isibelle gerade entrüstet. „In diesem Fluss sind wir zu Hause. Und unsere Bachforellen sind tagelang den Strom hinaufgeschwommen, um an genau *diesen* Ort zu kommen. Sie brauchen kühles, klares Wasser und sauberen Kiesboden – die Stelle hier ist einfach perfekt zum Eierlegen!"

„Sie *war* perfekt“, korrigierte der Kobold sie und deutete auf die Unterwasser-Müllhalde. Die Fluss-Hüterin verzog das zierliche Gesicht. Alea räusperte sich. „Hallo, ihr beiden – nicht erschrecken!“, rief sie und zwängte sich zwischen den Gummi-Türmen hindurch. Die beiden Magischen erschraken trotzdem. Die Isibelle riss ihre übergroßen Augen auf, und dem Kobold fiel die Kinnlade herunter. „Du bist ein Meermädchen!“, stellte die Fluss-Hüterin mit glockenheller Stimme fest.

„Ja, ich bin Alea Aquarius!“ Alea musste lächeln, denn die Isibellen-Augen wurden noch größer. Viele Wasserwesen kannten Aleas Namen. „Und wer seid ihr?“
„Ich bin Sha-Vana, Hüterin dieses Flusses“, antwortete die Isibelle.
Der Kobold klappte seine Kinnlade wieder hoch und stellte sich ebenfalls vor: „Ich bin Edison, der stärkste Kobold weit und breit.“ Er blickte zu Sha-Vana. „Aber das will diese Isibelle ja nicht glauben.“
Sha-Vana kicherte verlegen. „Ach was … Ich habe nur gesagt, dass du *allein* nichts gegen all diese Reifen ausrichten kannst.“
„Pah! *Ich* kann zumindest aus dem Wasser raus, ohne gleich zu Staub zu zerfallen!“, erwiderte Edison.
„Ui, du bist so gemein!“ Die Isibelle klang gekränkt. „Dabei könnt ihr Kobolde höchstens Bilder malen!“, gab sie zurück.
Daraufhin war wiederum Edison eingeschnappt. „Wenn du das glaubst, lebst du

wohl hinterm Bermuda-Dreieck! Wir können viel, viel mehr“, motzte er und schob die Unterlippe vor.
Alea hatte das Gefühl, dass dieser Streit nicht zum ersten Mal geführt wurde. Beide Magischen wussten genau, womit sie den anderen beleidigen konnten.
„Hört auf!“, fuhr sie dazwischen.
Der Kobold und die Isibelle starrten sie an.
Aleas Herz klopfte schneller, denn sie hatte gerade eine geniale Idee.

## 4. An einem Strang ziehen

Als Alea den beiden Magischen alles erklärt hatte, guckten Edison und Sha-Vana sie ungläubig an.
„Denkt einfach an das, was Sha-Vana gesagt hat!“, versuchte Alea sie zu überzeugen. „Ein Kobold *allein* kann nichts gegen die Reifen tun. Aber *viele* Kobolde und Isibellen *zusammen* können Unglaubliches schaffen!“ Sie nickte aufgeregt.
„Ihr müsst gemeinsam an einem Strang ziehen! Glaubt mir, das wird funktionieren.“
„Wir sollen uns mit den Isibellen zusammentun? Was soll das denn? Das haben wir noch nie gemacht …“, schimpfte Edison.
„Dann wird es höchste Zeit!“, sagte Alea. „Ruf bitte alle Kobold-Clans der Umgebung zusammen, Edison! Und du, Sha-Vana, hol eure Schwester-Clans aus den Nebenflüssen her!“

„Ich soll andere Isibellen zu Hilfe rufen?“, fragte Sha-Vana. „Das wäre sehr ungewöhnlich …“
„Ich bin sicher, sie werden kommen, wenn du sie darum bittest“, beharrte Alea. „Ich komme nach Sonnenuntergang hierher zurück! Werdet ihr da sein?“
Der Wasserkobold rümpfte seine riesige Knollennase und kratzte sich am Kopf. Die Isibelle strich sich nachdenklich durchs wolkige Haar. Doch schließlich gaben beide sich einen Ruck und versprachen es Alea.

Bei Einbruch der Nacht war es so weit. Alea tauchte mit einem großen Beutel voller Seile zu den Autoreifen hinab. Mit ihren Meermädchen-Augen konnte sie im dunklen Wasser genauso gut sehen wie am Tag.
Die Alpha-Cru-Mitglieder waren sich einig gewesen: Sie konnten nicht einfach zusehen, wie tonnenweise Abfall in den Fluss geschmissen wurde! Und so setzten

schließlich alle auf Aleas Plan. Jetzt kam es nur noch darauf an, dass genügend Magische dem Ruf gefolgt waren …
Als Alea beim Müllberg ankam, musste sie vor Freude grinsen. Eine knallbunte Schar von Kobolden und ebenso viele wolkig zarte Isibellen erwarteten sie zusammen mit ihren Reit-Fischen. Es waren Hunderte!
Die Wasserwesen hatten sich in zwei getrennte Lager rund um Edison und Sha-Vana gruppiert. Alea schluckte. Ob ihr Plan funktionieren konnte, wenn die Völker nicht einmal miteinander sprachen?

„Toll, dass ihr alle da seid!“, begrüßte sie die Magischen. „Wir fangen am besten bei den obersten Reifen an – kommt mit!“ Sie schwamm an der Halde hinauf, und die Wasserwesen folgten ihr.
Oben angekommen, holte Alea ein Seil aus ihrem Beutel, schlang es durch einen der Autoreifen und machte einen festen Seemanns-Knoten.
Sha-Vana hatte die Isibellen inzwischen in kleine Grüppchen eingeteilt, Edison machte dasselbe mit den Kobolden.
Und dann ging es los: Sha-Vana und vier andere Isibellen griffen nach dem Seil und platzierten sich vor dem ersten Reifen.

„Zieht!“, rief Alea, und die fünf versuchten auf ihren Forellen loszureiten. Doch das Gummi-Ungetüm hing wie ein schwerer Anker an dem Seil und bewegte sich nicht.
„Ihr seid zu schwach“, stellte Edison fest.
„Probiert es mal zu zehnt!“, schlug Alea schnell vor.
Fünf weitere Fluss-Hüterinnen griffen daraufhin nach dem Seil und zogen, so fest sie konnten. Aber der Reifen blieb, wo er war.
Hatte Alea die Kraft der Isibellen falsch eingeschätzt?

## 5. Wie von Geisterhand

„Habe ich es doch gesagt“, tönte Edison. „Es bringt nichts, mit diesen schwächlichen Fluss-Hüterinnen zusammenzuarbeiten. Lasst uns das lieber allein erledigen, Jungs!“ Er winkte seine Kobold-Gruppe herbei und schnappte sich eines der anderen Seile. Zu fünft schlangen sie es um einen Reifen und zogen mit aller Kraft daran.

Das schwere Ding löste sich mit einem Ruck aus dem Gummi-Haufen und schwebte langsam, aber sicher in Richtung der Wasser-Oberfläche.

„Es funktioniert!“, brüllte Edison, und sämtliche Kobolde begannen wie wild zu jubeln und zu klatschen.

Sha-Vana wirkte ganz geknickt. „Es war eine gute Idee, Meermädchen“, sagte sie zu Alea. „Aber wir Isibellen müssen dich wohl leider enttäuschen. Auf uns kommt es heute Nacht nicht an“, sagte sie.

„Nein, Sha-Vana, das ist nicht wahr!“, beeilte sich Alea, ihr zu versichern. Die Isibelle war jedoch schon in der Gruppe ihrer Schwestern untergetaucht.
Eine Fluss-Hüterin nach der anderen wandte sich nun mit traurigem Gesicht ab. Langsam verschwand die ganze Schar, um den Kobolden aus einiger Entfernung zuzuschauen.
Alea bereute sehr, dass sie die zarten Isibellen derart mit ihrem Plan bedrängt hatte. Sie

musste unbedingt überlegen, wie sie das wiedergutmachen konnte! Aber zunächst brauchten die Kobolde ihre Hilfe.

Inzwischen waren zehn oder elf Kobold-Grüppchen mit Reifen auf dem Weg zur Wasser-Oberfläche. Unten machten sich bereits fünf neue Teams an weiteren Gummi-Ringen zu schaffen.
Alea musste dafür sorgen, dass die Aktion nicht an der Kaimauer ins Stocken geriet. „Alle Kobold-Teams, die jetzt noch keinen Reifen ziehen, kommen bitte mit nach oben!“, rief sie in den wimmeligen Haufen hinein.
Sofort sauste der ganze restliche Pulk an die Oberfläche und kletterte aus dem Wasser. Im Nu standen mindestens fünfzig Wasserkobolde in kleinen Grüppchen auf dem Kai, bereit für ihren Einsatz.

Als Edisons Team mit ihrer Fracht an die Wasser-Oberfläche kam, übernahm eine der Land-Gruppen das Seil. Mit Aleas Hilfe wuchteten sie die Ladung über die Mauer. Wie Ameisen schoben sich die fünf kleinen Wesen dann unter den riesigen Reifen, und

Alea musste lachen. Denn im nächsten Moment bewegte er sich blitzschnell über den nächtlichen Schrottplatz – wie von Geisterhand!
Alea klatschte in die Hände. „Super macht ihr das!“ Immerhin funktionierte dieser Teil des Plans wie am Schnürchen. Doch würden die kleinen Wasserkobolde durchhalten, bis der Berg vollständig abgetragen war?

Die Kobolde arbeiteten die ganze Nacht. Nach einigen Stunden hatte die unermüdliche Schar den kompletten Müllberg vom Grund des Flusses weggeschafft. Alea hatte an der Kaimauer geholfen und war nun erschöpft. Wie musste es erst den Magischen gehen?
Müde sah sie der kleinen Gruppe von Kobolden nach, die sich gerade daranmachte, den allerletzten Reifen über den Platz zu schleppen. Da fuhr Alea zusammen.
Am anderen Ende des Platzes flackerte plötzlich das Licht einer Taschenlampe auf …

## 6. Der Zauber der Isibellen

Alea erstarrte. Jemand machte eine Kontroll-Runde! Warum hatte sie nicht daran gedacht, dass solche Orte überwacht wurden?
„Ist jemand auf meinem Grundstück?", schallte eine kräftige Frauenstimme über den Platz. „Da hat sich doch gerade etwas bewegt!"
Was konnte Alea bloß tun? Hoffentlich wurden die Kobolde oben auf dem Platz nicht entdeckt! Dass im Fluss magische Wesen lebten, *musste* ein Geheimnis bleiben!
Schnell ließ Alea sich ins Wasser gleiten und warnte die anderen Kobolde: „Keiner geht mehr nach oben! Die Schrottplatz-Besitzerin macht ihre Runde!"
„*Was?*", kiekste Edison. „Mindestens drei unserer Teams sind noch an Land!"
„Ich weiß", seufzte Alea. Da hörte sie wieder die laute Stimme der Landgängerin. Alea schwamm nach oben und spähte über den Mauerrand.

„Sofort stehen bleiben!“, brüllte die Frau. Hektisch zuckte der Strahl ihrer Taschenlampe über den Platz. „Was geht hier vor sich?“ Die Schrott-Händlerin klang verwirrt. Dann schrie sie: „Aaahhh, was ist *das* denn? Das sind doch wohl keine … *Tiere*!“ Sie machte kehrt und rannte zu ihrem Haus. „Da soll sich besser die Polizei drum kümmern!“
O nein, jetzt hatte sie die Kobolde tatsächlich entdeckt! Alea ließ sich wieder ins Wasser sinken. Das Herz schlug ihr bis zum Hals. „Ich muss Lennox holen!“, stieß sie hervor. „Er ist ein Oblivion!“
Als Oblivion hatte Lennox eine ganz besondere Gabe, die sie jetzt dringend brauchten …

„Aber bis wir wieder zurück sind, hat die Landgängerin längst die Polizei angerufen. Und morgen weiß die ganze Stadt von den Kobolden!“, rief Alea verzweifelt.
Im nächsten Augenblick stockte ihr der Atem. Denn oben an der Wasser-Oberfläche hatte sich eine flimmernde, glitzernde Wolke gebildet.
Die Isibellen waren zurückgekommen.
„Was machen die da?“, krächzte Edison.
„Gleich werden auch *sie* noch gesehen!“
„Ich glaube, genau das wollen sie …“, brachte Alea hervor.
Ihr Verdacht wurde bestätigt. „Schwimm und hol deinen Oblivionen-Freund, Alea Aquarius!“, hörte sie Sha-Vanas helle Stimme aus der Isibellen-Wolke. „Wir lenken die Frau ab!“
Was die Isibellen sich da überlegt hatten, war überaus mutig. Offenbar hatten sie volles Vertrauen in Alea und Lennox.
Bevor Alea zu ihrem Schiff eilte, warf sie noch einen letzten Blick auf den Platz. Und

tatsächlich: Die Schrottplatz-Besitzerin stand wie angewurzelt da. Ihren Plan, die Polizei zu rufen, hatte sie wohl vergessen. Sie starrte nur die Isibellen an. „Das glaubt mir kein Mensch …“, murmelte sie.

Sämtliche Isibellen waren an die Oberfläche gekommen und sprangen auf ihren Reit-Forellen aus dem Wasser. Im hohen Bogen hüpften über hundert Fische wieder und wieder über den spiegelnden Fluss, und ihre Reiterinnen flimmerten im Mondlicht. Es sah einfach zauberhaft aus.

## 7. Verbündete

Nach wenigen Minuten tauchte Alea neben der *Crucis* auf. Lennox hatte zum Glück noch nicht geschlafen, da er auf ihre Rückkehr gewartet hatte. Zusammen rannten sie über den Hafen zurück zum Schrottplatz.

Sobald die Isibellen die beiden Meerkinder über den Platz kommen sahen, verschwanden sie unter der Wasser-Oberfläche.

Die Landgängerin starrte in den Fluss und kratzte sich am Kopf.

Lennox lief zielstrebig auf sie zu und berührte ihren Arm.

Sie fuhr herum und riss die Augen auf. „Was machst –“, begann sie.

Doch Lennox unterbrach sie. *„Sie werden jetzt Ihre Taschenlampe ausmachen und alles vergessen, was Sie heute Nacht im Fluss und auf dem Schrottplatz gesehen haben“*, sagte er beschwörend und blickte ihr fest in die Augen.

Die Schrott-Händlerin bekam einen starren Blick, nickte und knipste das Licht aus.
Alea kannte das schon. Ein Oblivion wie Lennox konnte einem Landgänger auf diese Weise die Erinnerung nehmen.
Wie ferngesteuert lief die Frau nun über den dunklen Platz zu ihrem Haus, ging hinein und zog die Tür hinter sich zu.
Alea fiel Lennox um den Hals. „Das ist gerade noch mal gut gegangen“, schnaufte sie erleichtert.
„Allerdings“, ächzte Lennox.
Da hörten sie ein vielstimmiges Jubeln aus dem Wasser.
„Ich muss zu ihnen!“, sagte Alea zu Lennox

und sprang in den Fluss. Sofort bildeten die Magischen eine große Traube um sie herum.
„Ihr habt es geschafft!“, jauchzte Alea und zeigte auf den nun wieder freien Kiesgrund des Flusses. „Ihr habt es aus eigener Kraft geschafft, eine komplette Reifen-Mülldeponie aufzuräumen!“
„Tja, wir sind eben die Stärksten!“, rief Edison grinsend. Dann wurde er ernst und wandte sich an Sha-Vana. „Aber ihr seid wahre Heldinnen. Ohne euch wäre heute Nacht das Geheimnis der Wasserwelt aufgeflogen.“
„Gemeinsam sind wir wirklich unschlagbar“, antwortete Sha-Vana kichernd und reichte ihm ihre zierliche Hand.

Edison strahlte und schüttelte sie feierlich.
Sha-Vana zwinkerte ihm zu. „Kobolde können wohl doch mehr als Bilder malen!“
Ihre Isibellen-Schwestern gluckten nun ebenfalls los. Auch die Kobolde lachten übermütig und klopften sich gegenseitig auf die kleinen Schultern.
Der alberne, durcheinandergewürfelte Haufen gefiel Alea sehr viel besser als die zwei getrennten Lager, die sie am Abend im Fluss angetroffen hatte. Kobolde und Isibellen hatten gemeinsam an einem Strang gezogen. Und dabei war aus zwei magischen Völkern etwas Neues geworden: Verbündete.

## 8. Super Aktion

Noch halb im Traum hörte Alea, wie eine Tür quietschte. Sie hatte viel zu wenig geschlafen und fühlte sich bleischwer. Mühsam öffnete sie die Augen und sah flackerndes Kerzenlicht. Bevor sie sich darüber wundern konnte, erklangen vier schöne Stimmen: *„Alles Gute für dich, alles Gute für dich …“*

Die komplette Alpha Cru hatte sich in Aleas Kajüte gequetscht und sang ihr ein Geburtstagslied! Sammy stand in der Mitte und hielt grinsend eine Torte mit brennenden Kerzen in den Händen.
Sofort war Alea hellwach. Sie setzte sich auf und lächelte. Ihren Geburtstag hatte sie total vergessen!
Als die Cru das Lied zu Ende gesungen hatte, platzte Sammy heraus: „Herzlichen Glückwunsch, Alea Aquarius! Wann schneidest du endlich den Kuchen an?“
Alea lachte. „Wird sofort gemacht!“ Nachdem sie ausgiebig umarmt worden war, setzte sie sich mit der Alpha Cru in den Salon. Alea hielt schon das Brotmesser in der Hand und wollte gerade die Kerzen auspusten. Da hörten sie von draußen lautes Gebrüll.
Lennox und Alea grinsten sich an. Beide ahnten, wer da so wütend war. Aber Alea hatte noch keine Zeit gehabt, den anderen vom allerletzten Teil ihres Plans zu erzählen …

„Hat das was mit eurer Aktion zu tun?“, fragte Ben. Genau wie die anderen sprang er auf und rannte zur Treppe.
„Lasst euch überraschen!“, rief Alea ihnen hinterher.
Sie beugte sich schnell über die Geburtstagskerzen und kniff die Augen zu. „Ich wünsche mir, dass alle Magischen sich verbünden, so wie die Kobolde und Isibellen heute Nacht!“, flüsterte sie und pustete alle Kerzen auf einmal aus. Die Torte würden sie dann wohl später essen.

Rasch lief Alea zu den anderen an Deck und genoss mit ihnen den unfassbaren Anblick: Das Haus der Schrott-Händlerin war fast vollständig mit Reifen zugebaut!
Die Kobolde hatten den Gummi-Müll nicht einfach zurück auf den leeren Platz geworfen. Stattdessen hatten sie die Reifen kunstvoll an

den Hauswänden aufgetürmt. Nachdem die Besitzerin wieder schlafen gegangen war, hatten sie noch die allerletzten Reifen vor ihrer Eingangstür aufgestapelt.
Deshalb konnte die Frau offenbar nicht mehr zur Tür herauskommen und kletterte gerade mit hochrotem Kopf aus dem einzigen freien Fenster. Als sie vor dem eingebauten Haus stand, sah sie zuerst extrem wütend aus. Doch dann schüttelte sie mehrmals fassungslos den Kopf.
„Das macht die nie wieder“, stellte Tess zufrieden fest.
Sammy kicherte. „Die glaubt jetzt wahrscheinlich an Geister und Hexen!“
„Das muss sie wohl“, sagte Lennox. „Sie wird sich nämlich niemals daran erinnern, wer da wirklich gezaubert hat!“ Er grinste die anderen vielsagend an.
„Super Aktion!“, sagte Ben und klopfte Alea und Lennox stolz auf die Schultern. „Und jetzt wird Kuchen gefrühstückt!“

## 9. Das schönste Geschenk von allen

Auf das Geburtstags-Frühstück musste die Alpha Cru allerdings noch ein bisschen länger warten. Denn in diesem Moment erklang Sha-Vanas hohe Stimme. „Alea Aquarius!"
Alea rannte zur Reling.
„Wir müssen fort, Meermädchen!", rief Sha-Vana aus dem Wasser zu ihr herauf. „Hier ist es zu unruhig für unsere Fische. Wer weiß, was diesen Landgängern als Nächstes einfällt! Wir werden weiter den Fluss hinaufreiten und nach einem anderen Laichplatz suchen. Unsere

Forellen haben es jetzt leider sehr eilig mit dem Eierlegen!“
Alea wollte Sha-Vana gerade alles Gute wünschen – da fiel ihr etwas ein. „Darf ich mit euch schwimmen?“, fragte sie schnell. „Mein Volk ist zwar bisher nur mit Walen gewandert. Aber es wäre mir eine Ehre, eure Bachforellen an einen sicheren Ort zu begleiten!“

Alea war in ihrem Element. Die Fische waren vor ihr, über ihr, hinter ihr und überall um sie herum.
Auf den Rücken der Bachforellen saßen ihre Reiterinnen. Immer wieder kicherte eine Isibelle wie ein kleines Mädchen, und Alea kicherte mit ihnen. Das Wasser strömte an ihrem Körper entlang, die Fische streiften ihre Arme, und Alea war glücklich.
Mit etwas Abstand segelte die *Crucis* hinter ihnen her. Alea musste der Cru den Weg allerdings gar nicht zeigen, denn Ben kannte das Ziel. Es war der ruhige, wunderschöne



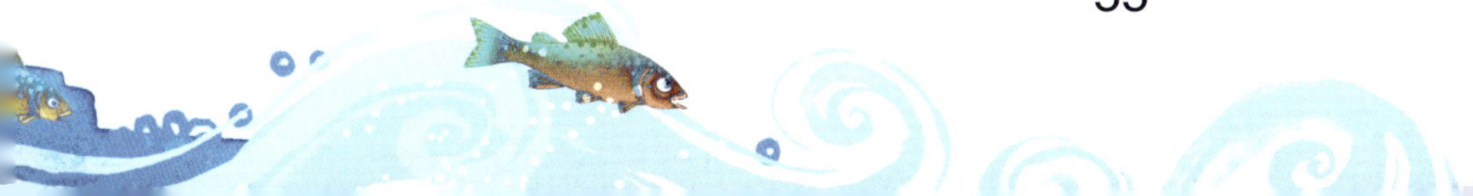

Fluss-Arm, den die Alpha Cru sich selbst als Reiseziel ausgesucht hatte.
Schon bogen Alea, die Forellen und die Isibellen in den naturgeschützten Seitenarm ein. Alea atmete erleichtert auf. Auch hier bedeckte allerschönster Kies den Boden. Dieser Ort schien wie geschaffen für kleine Fisch-Eier!
„Noch nie hatten unsere Fische einen so guten Laichplatz!“, jubelte Sha-Vana.
Die Forellen hatten es auch gleich bemerkt. Sie schwammen

zielstrebig nach unten und platzierten sich knapp über der Kiesfläche.
Alea beobachtete gebannt, wie die Fische sofort zu laichen begannen: Sie machten schnelle Bewegungen mit den Schwanzflossen und fächelten flache Gruben in den Kiesgrund.
Kurz darauf legte die erste Forelle schon ihre Eier ab – Tausende kleine leuchtend gelbe Kugeln, die an Erbsen erinnerten.
„Hach …“, seufzte Sha-Vana ergriffen. Wie die anderen Isibellen war sie schnell von ihrem Reit-Fisch gehüpft. Nun schwebten sie neben Alea im Wasser und konnten offensichtlich

kaum die Augen von dem Schauspiel abwenden.
So schwer es Alea fiel, verabschiedete sie sich bald von den Fluss-Hüterinnen und machte sich auf den Weg.
Niemals würde sie das Bild von den Forellen vergessen, die im klaren Flusswasser ihre Eier vergruben. Es war das schönste Geburtstagsgeschenk von allen.
Plötzlich überkam Alea eine große Sehnsucht nach ihren Freunden – Benjamin Libra, Tess Taurus, Samuel Draco und Lennox Scorpio.
„Esst mir nicht alles weg, Alpha Cru, ich komme!“, rief sie lachend. Dann sauste sie schnell wie der Wind nach Hause zur *Crucis*, um endlich Geburtstag zu feiern.

# Kobold-Spiel

Spiel für 2 Spieler

Ihr braucht: 2 Spielfiguren
2 Würfel
Papier, Schere
Stift, 3 Klopapierrollen, Eieruhr

**Vorbereitung:** Malt auf ein postkartengroßes Papier ein Schrottplatz-Haus und stützt es so ab, dass es senkrecht steht. Schneidet jede Klopapierrolle in 5 „Reifen" und verteilt diese auf dem Tisch.

**Spiel:** Schafft ihr Kobolde es, alle Reifen vor das Haus zu stapeln, bevor die Nacht zu Ende geht? Stellt die Eieruhr auf 6 Minuten. Würfelt abwechselnd. Landest du auf einem Reifenfeld, darfst du einen Reifen vor dem Haus stapeln. Landest du auf einer Zahl, lies, was nun zu tun ist. Sind alle Reifen weg, bevor die Eieruhr klingelt, habt ihr gewonnen.

1) Ihr Kobolde werdet entdeckt. Malt schnell eine Isibelle mit ihrer Bachforelle. Erst dann wird weitergewürfelt.
2) Vor euch liegt ein schwerer Lkw-Reifen. Ihr könnt ihn erst wegschaffen, wenn ihr beide eine 6 gewürfelt habt.
3) Im Wasser schwimmt Plastikmüll. Weiter geht's, wenn ihr 3 Dinge aufzählen könnt, die Müll sind.
4) Die Isibellen lenken die Schrotthändlerin ab. Beim nächsten Reifenfeld dürft ihr gleich 2 Reifen aufstapeln.
5) Gemeinsam seid ihr stark. Würfelt, bis ihr genau auf 10 Punkte kommt, und nehmt euch zur Belohnung einen Reifen.
6) Mikroplastik vernebelt euch die Sicht. Tauscht eure Würfel mit geschlossenen Augen.

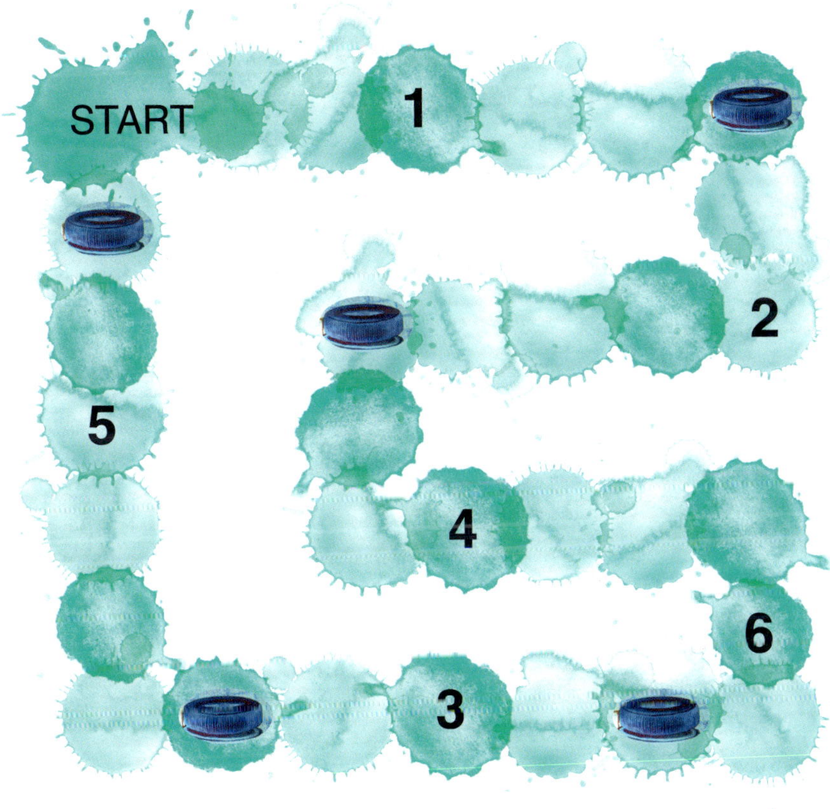

START
1
2
3
4
5
6

Die Erstlesebücher erscheinen zeitgleich als Hörbuch und als E-Book.

Die Reihe *Alea Aquarius* gibt es auch für Kinder ab 10 Jahren.

MIX
Papier aus verantwortungsvollen Quellen
FSC® C002795
FSC www.fsc.org

1. Auflage

Max-Brauer-Allee 34, 22765 Hamburg

Titelillustration und farbige Bilder von Claudia Carls
Einband- und Reihengestaltung von Andrea Pieper
Begleitmaterial von Alexandra Hanneforth
Druck und Bindung: Livonia Print SIA,
Ventspils iela 50, LV-1002, Riga, Lettland
Printed 2020
ISBN 978-3-7891-1518-9

www.oetinger.de
www.alea-aquarius.de